# 달빛에 젖은 인생

# 달빛에 젖은 인생

제4시집

북랜드

노을빛도 구름을 만나서 찬란하듯
광야에 외롭게 서 있는
초라한 장승이지만
그때가 올 때까지 뚝심 하나로
스러지지 않고 서 있어야 하겠지.
다시 길 떠날 때까지.

이 석 병

# 차례

## 2

# 3

# 5

# 7

1

# 내일의 태양

새벽잠 설친
사랑채 헛기침 소리

마당에 누렁이도
끙끙대며 따라한다

거름 한 짐 짊어진 농사꾼
안개 낀 새벽들 나서면

눈썹달 실눈 뜨고
알짱대며 동행한다

농사꾼의 발걸음
내일의 태양으로 솟아
온 누리를 밝게 비추리라

# 이른 새벽

빗장을 푼 여명
실루엣으로 비춰 준 달빛

눈가에 머무는
단잠 깨워 창밖을 바라본다

고독에 젖은
처량한 그대 모습

한 조각 구름에 싸여
소박한 그리움을 간직했네

가슴에 저며 오는
밝은 아침 햇살을
마음에 담아본다

# 아침 이슬

숨소리도 잠든
별빛 달빛 가슴에 품고
향긋한 풀내음에 옥구슬 달았네

먼동의 여명
초롱한 눈망울
산책길을 나선다

땅거미 뒷걸음치면
이별의 눈물 남기고 떠난다

스치는 바람
귓속말로 속삭인다
내일 다시 오겠노라고

# 새벽바람

문틈을 비집고
숨죽인 고양이 걸음
단잠을 깨우고 파고든다

험한 자갈밭 길
갖은 고통 절룩이는 삶
널 반겨줄 한 치의 여유도 없는데

단잠도 마음도
밀어 낸 빈자리
멍한 머릿속을 스쳐간다

산책길 나서면
바짓가랑이에 매달려
상큼한 아침 건강한 하루를 열어준다

# 기지개

휘익,
바람 한 가닥
얼어붙은 귓불 어루만지고 지나간다

동토의 대지
멋쩍은 황소웃음
어깨 펴고 기지개를 편다

숨죽인 생명들
실눈 뜨고 용틀임

봄이 오는 길목
만물이 요동을 친다

# 발등

할머니 잠꼬대
3대 적선 침이 마르고
후손 번창 노래로 염원한다

긴 세월
가슴속에 품고 산 잠꼬대
삶의 향기 되어 윤슬로 반짝인다

녹슬고 무디어진 인심
용감한 무식이 발등 찍어도
향일화는 적선으로 피어난다

# 봄비

엄마 품만큼이나 넓은
갈증 머금은 대지
젖줄 물려 촉촉이 적신다

깡마르고 기절한 명줄
모성의 배 속에서
푸른 생명 온 누리를 덮었네

겨우내 외롭던 고목
까치 신혼집 차리고
행복한 낮잠 곤하게 적셨네

메마르고 삭막한
어지러운 세상
봄비 젖어 꽃피는 세월 오겠지

## 꽃샘추위

천사의 날개
서릿발로 날아와
입술 파란 보리싹
포근하게 감싸 안는다.

경칩에 겁먹은
갈 길 바쁜 살얼음
풀잎에 작별 인사
산산조각 떠나가네.

철부지 망아지
봄이 오는 소리에
뒷발질 신이 나서
허공에서 춤을 춘다

# 4월에 피는 꽃

언제 피었던가
기억이 가물거리는
4월의 민주화民主花

독선과 위선의 빛
세상을 붉은 노을로 덮고
하늘도 물들어 가네

올 4월엔
서운瑞運이 깃든
미래화未來花 활짝 피어
향기로운 세상 왔으면…

# 마음의 봄

봄바람 살랑이니
젊은 추억 설레고

꽃향기 날아드니
분단장 바빠지네

강 건너 수양버들
긴 머리 휘날리며

못다 한 예쁜 사랑
후회 없이 사랑하라네

# 마음대로

쉼 없는 세월
앞만 보고 달려가고

바람도 거침없이
구름도 정처 없이

편하고 자유롭게
마음대로 가는데

세상에 태어남도
고달픈 인생사도

젊음이 밀려가고
백발이 오는 것도

마음대로 할 수 없는
답답한 인생사
그저 반추할 수밖에 없네

# 촛불

광장의 불꽃
방향 잃고 허둥댄다

불길 속을 날아드는
하루살이 부나비들

움츠렸던 야생화
봄바람 불어오면

짙은 먹구름 걷어내고
따뜻한 햇살 안고
새롭게 피어나리

# 춘몽 春夢


행복 찾아
낮밤을 헤매어도
잡힐 듯 잡히지 않고

별빛 파란 밤이면
강물에 달빛 흐르고
하얀 꿈 머릿속에서 자맥질한다

내일의 기대 속에
오늘밤도 춘몽에 잠이 든다

# 가는 봄

생의 찬미
만화방창의 거드름
봄비에 젖어 떠나간다

죽고 싶다던
반의의 소원
봄 햇살에 살아나고

가물거리던
짚불의 화염
생을 애원하며 꺼져가네

못다 한 소망 두고
떠나가는 봄
때가 되면 다시 오겠지

# 잔명殘命

명이 다하여
골짜기에 내려앉은 낙엽
오가는 인기척에
토끼눈 뜨고 부스럭댄다

푸른 젊음
세월에 할퀸 수척한 몸

마음도 정신도
제 것이 아니거늘

분골쇄신하고
창공을 날아오른다

# 세월 가니

바쁜 세상
정신 줄은 거미줄에 걸리고
눈치 보던 백발
번갯불에 콩을 볶는다

벌 소리 귓속을 울리고
안개는 눈에 장막을 치니
허리는 양궁장 활시위
마디마다 북소리 요란하다

세월에 명줄 매달고
그래도 사는 게 행복이란다

2

# 능소화 사랑

애간장 태우는 장미
그 불꽃 같은 사랑

밝은 달밤에
청아한 모습
한 서린 여심女心은
하얀 연꽃으로 기도하네

모자란 듯 순수한 마음
티 없이 맑은 백합이었나

견딜 수 없는 그리움
살을 에는 고통은 담을 넘는다

붉게 맺힌 한
능소화 사랑이었네

# 하얀 연꽃

둥근 소반에
한 방울만 품으니
무욕의 수행정진 기도

자비로 베푼 신심
향기로 세상을 품었네

녹아내린 속내
순수한 백합 사랑

헤아릴 수 없는 고독
달빛 내려온 연못

밤을 지새운 기도
자비의 물결
온 누리에 출렁인다

# 덤으로 만난 행복

새벽 산책길
찬 이슬 깔고 앉은 강변

넝쿨손 가시박
하늘에 손 내밀고
너울 쓰고 휘감는다.

영어圈의 착한 생명들
질식한 아우성
길손 발목에 족쇄를 채운다

지나칠 수 없는 녹슬고 무딘
숨통 열어준 가위손
고개 들고 웃는 모습에

덤으로 만난 행복
날개를 편다

# 조반상

이른 새벽
사랑채 문틈으로 새어 나온
담뱃대 터는 소리

곤한 잠 안방마님
귓전을 두드린다

굳은 미움
속 태워 불을 지피니

김 오른 주안상
사랑채로 달음박질한다

# 그리움 품고

질풍노도 같은
삶의 그림자
거울 속에 감추고

어제도 오늘도
내일 향해
가슴속에 그리움 품었네

연꽃의 소박한 자비
복스런 목련의 넉넉함
작은 소망 간직하고

굳게 닫았던 마음의 문
봄 햇살에 활짝 열고
그리움 품고
내일 위해 길을 나선다

# 인고忍苦

빈 창자 움켜쥔 굶주림
살을 에는 산고産苦
머리끝 치솟는 치통

하늘이 무너져 내리는 절망
땅이 꺼지는 한숨
먼 길 이별의 가슴 터지는 애통함

인면수심의 비양심
삼체병 환자의 얄미움
용감한 무식의 무법천지

녹이고 태우고 참고 견뎌낸
무쇠의 용광로

# 고향 맛

백발이 반짝여도
고향 벗 만나면 반겨하는 인사말
인드라야 임마야

곰삭은 시골 인심
가슴 저며 오고
텅 빈 마음에 짙은 향수로 채워준다

콩사리 밀사리 새카만 동심
하얀 이빨 덩그러니
마주 보고 웃던 시절

마음은 늘
잊을 수 없는 고향 생각
삶이 세월을 비켜 지나간다

# 가는 세월

누가 등 떠밀 듯
쉼 없이 가는 세월
초침의 워낭소리에 귀 막고 따라간다

마음은 봄날인데
늙어가는 초행길
지팡이가 앞장서서 안내를 한다

쇠털같이 많은 날
저녁노을 짙어오면
쉬어 가도 좋으련만…

# 인연

산은 나무와의 인연으로
사람도 인심과의 인연으로 살아간다

좋은 인연 만나기 힘들고
맺은 인연 헤어지기도 어려워라

겸양과 미덕의 인심
좋은 인연 얼기설기

살기 좋은 이 세상
어화둥둥 태평세월

# 보물 전시회

세상살이 핑계
허송세월 지나가니
추억은 무덤으로 쌓여있네

피카소 후예들
이마와 눈 밑 캔버스 펼쳐놓고
동양화 추상화 세월의 흔적을 담는다

가진 것 시간뿐인 나이
날마다 경로당 모여들면

주름살 골 깊은 사연
평생의 보물 전시회 열린다

# 별난 세상

신천지의 코로나
저승길 넘나들고

숨죽인 통곡 소리
지구촌이 울렁거린다

장갑 낀 주먹인사
말문 막고 눈빛인사
경조사 송금인사
발목 잡힌 비대면 인사

반만년 전통예절
도포 자락 기절하고
할딱이는 새가슴
나락奈落에서 목줄 맨다

# 눈이 내리면

컹컹대는 멍멍이
가랭이 찢어 널을 뛰고

장독은 목화 솜이불
밥도둑 감칠맛 익어간다

팔짱 낀 젊음은
발자국 그림자에 사랑 영글고

옷깃 세운 낭만
하얀 밤 눈빛에 날이 밝았네

# 눈 내리는 밤

희미한 등잔불
저물어 가는 옛 추억
첫 눈 내리면
첫사랑 그리움 소복하게 쌓이네

앞서 간 발자국 겹쳐 밟고
부둥켜안은 가슴 콩을 볶는다

잠 설친 하얀 밤
아침햇살이 창문을 기웃거린다

# 낡은 깃발

바람 따라
젊음으로 펄럭이고
눈비 오니
고개 숙여 잠이 든다

초췌한 몰골
세상사 묵은 사연
가슴에 품고 말이 없다

삭막한 세상인심
찢겨나간 기폭
변함없는 초심으로
펄럭임은 그대로네

# 그림자 사랑

태양은
그늘을 짙게 품어
사랑하고

부모는
자식을 가슴에 품어
사랑하고

부부는
그림자로 마음을 품어
사랑한다.

사랑은
그림자로 한 몸 되어
행복하게 살아간다

# 5월이 오면

맑은 하늘에
흰 구름 한 조각 한가롭고

노고지리 높이 솟아
봄의 찬미 열창하면

그리움에 목멘 장미
아침햇살에 붉게 물든다

풋풋한 보리밭
상큼한 소녀의 체취

온 세상은
신록의 물결로 출렁인다

3

# 여행을 떠나고 싶다

창밖을 보니
금방이라도 비가 쏟아질 듯
잔뜩 찌푸리고 있다

물을 잉태한 하늘
축 늘어진 배에 먹구름을 품었네

몸도 마음도 천근만근
땅속으로 기어 들어간다

추억 하나 챙겨
지향 없는 미지의 곳으로 떠난다

장대 같은 폭우 속에 미친 듯
박장대소 배꼽 빠지게 웃어본다.

후련해질 나를 찾아
여행을 떠나고 싶다

# 11월이 오면

으스름달밤에
낙엽 뒹구는 소리

옷깃 여민 허수아비
고독한 기다림에 지친다

곱게 치장한 단풍잎
이별의 슬픔에 젖고

허공에 뜬 흰 구름
바람 따라 떠나면

산야에 묻어둔 사연들 챙겨
겨울 채비 동동걸음을 친다

# 허공

세월이 밟고 지나간
욕망의 번뇌
붙잡을 수 없는 허공에 머문다

옷깃 스친 인연
한없는 그리움에

찬 이슬만
눈가에 맺히네

# 후회

사는 게 별거냐고
거들먹거리다 보낸 세월
산정에 오르니
허기진 골짜기에
잡초만 어우러져 있네

바람에 구름 가듯
달빛에 물결 출렁이듯
말없이 살아도 되련만

시커먼 한숨
활활 타오르는 불꽃으로
하늘 높이 솟아오르네

# 갈대

바람에 온몸을 맡기고
헝클어진 머리카락
출렁이며 파도를 탄다

산책 나온 흰 구름
연인들의 속삭임
갈새 노래 움켜잡고
먼 산을 밟으며 흘러간다

노을 진 인생길
갈대숲 미로 따라
지난 추억 더듬으며
서산을 넘는다

# 체념

험한 길 마다치 않고
온몸 상처투성이로
끝없이 기어오르는 미물

삶의 숙명으로
멈출 줄을 모른다

머잖아
절벽으로 떨어질 운명
체념을 모르고 몸을 던진다

# 축원

손에 잡은 게 무엇인고
뒤엉킨 손금만 어지럽다

다시 움켜잡아도
허황한 빈주먹

세월은 머물 듯 흘러가는 것
잡을 수도 놓을 수도 없어라

가진 것 내려놓고
보시공덕 마음 닦아
극락왕생 축원하자

# 늦가을

소슬바람에
낙엽 뒹굴고

단풍잎 떨어져
산기슭에 머물었네

알알이 떠난 들녘
심술부린 칼바람에
옷깃 여민 허수아비
먼 산만 쳐다본다

늦가을
밤길 울며 떠나는 기러기
달빛마저 싸늘하다

# 가을 산자락

바람 불어
낙엽 쌓인 산자락
찌든 영육靈肉 편히 누인다

구름에 가린 햇살
나뭇가지 사이로 곤두박질한다
자연의 여유로움
가슴에 담으니
온 세상이 내 것인 것을…

푸른 가지마다
내 마음 걸어놓고
젊음 앗아간 세월을 더듬어 본다

# 늦가을 단상

달빛 머문 방문
가을바람이
꿈속의 단잠을 깨운다

귓가를 스치는
낙엽 뒹구는 소리
지나간 생의 절규
가슴앓인 세월을 한탄한다

달밤에 길 떠나는
기러기들의 슬픈 이별
끼익끼익 목메어 울고 간다

# 때가 되면

지나간 일
추억 속에서 살아나고

다가올 일
별빛 먼 길에서 가물거린다

새벽잠
뒹굴다 도망가고

꿈속에 품었던 사연
가슴 열고 떠나보낸다

때가 되면
배려의 꽃방석
노을빛으로 펼쳐오겠지

## 노송 老松

귀에 대고 살짝
너도 늙어 봤느냐고

찢기고 떨어져 나간 고통
참고 견디다 곪아터진 속앓이

숱한 세월에
곰삭아 축 늘어졌구나

입은 나이를 읊고
주름살은 거울이 일러준다

늘 푸른 넌
마음은 아직도 젊고 푸르렀구나

# 유체 이탈

긴
생의 고뇌

바람에 날아가고
멍청한 장승만
솟대로 우뚝하네

까칠한 양심
짙은 안갯속에 감추고

찢어진 혈관
실망과 후회만 흐르네

가난한 소망
고독으로 줄타기하고

심장 빈자리

양심 한 가닥 비집고 앉아

도망간 옛 추억
영혼 속에 잠이 든다

# 억새꽃

소슬한 가을바람
억새 사이 숨어들어

하얀 머리 풀고
젊은 열정 마구 흔든다

산허리 걸친 구름
노인잔치 구경하러
한걸음에 모여든다.

미수米壽 향한 발길
억새꽃 친구 하여 젊게 흔들거린다

# 메밀

마지막 복더위
목구멍에 불이 나면

비탈진 자갈밭
메밀의 고향이다

달빛 내려 눈송이
하얀 물결 출렁이고

방황하는 영혼
심연心緣으로 잠이 들고

세모난 가슴
곰삭은 속내 켜켜이 쌓아

적막한 별밤 추억
달빛에 영글어 간다

# 겨울의 끝자락

달려온 봄소식
문 걸어 잠근 대지
카멜레온으로 변신한다

숨 멎었던 미물
햇살에 눈총 쏘며 아양을 떤다

얼었던 초목
혈액 투석 한창이다

파란 싹 고개 들고
꽃필 날도 멀지 않겠지

4

# 내 인생을 위하여

세상사 거칠고
인생사 고통스러워도
먼 산 바라보며
꿈을 품고 살았노라

오늘이 즐거우면
내일이 행복하다고
마음의 위안은
내 몫인 걸

나만의 삶은
누구도 대신할 수 없으니
주어진 내 인생 사랑하며 즐기자

# 너무해

손가락은 마디를 세고
입은 공염불을 읊는다

새벽이 눈앞인데
동그란 눈망울
머릿속은 하얀 백짓장

수없이 속은 잠
설마로 또 내일을

기다려도 오지 않으니
아예 체념하고 산다

# 간절한 기도

세월의 유혹
곰삭은 고통
등에 걸머지고 다닌다

소원성취 합장기도
이골이 쌓여 숯이 되어도
굶주린 소망 간절하게 기도한다

이번만…
이번만…

세월이 갉아먹은 삶
실뱀의 간사한 애원
제발 한 번만 이루어 주소서

# 울림

마을 앞 당산나무
까치가족 이사 가고
이별의 속앓이만 머무네

가슴 조인 희소식
구멍 난 풍선
하늘로 날아간다

무지한 용감
낡은 옹고집
빈 양철 울림만 세상이 혼란하다

# 등신불登信不

격의 없이 주고받는
신의의 마음 등신登信

인간 세상 지은 업보
등신으로 수행 정진한다

악연에 발등 찍히고
실망 넘어 절망으로

등신은 소멸되고
아닌 등신만 살아있구나

# 안내자

아픔과 고통
웃음과 건강의 안내자

가난과 풍요
절약과 낭비의 안내자

무지와 지혜
현명과 가치관의 안내자

실망과 희망
좌절과 입신의 안내자

생각과 마음
행복과 불행의 안내자

# 별빛에 젖다

미명의 새벽
혼신의 힘으로 오르는 초침

눈부신 별빛
잠든 밤을 수놓고

빛바랜 정신 줄
별빛에 젖어든다

# 신호등

낮밤 없이
눈빛 깜박이며
질서와 정의 신호를 보낸다

붉었다 푸른 눈빛
멈춤과 출발을 알려준다

혹여
아프거나 쉬는 날은
무질서와 불행이 죽을 쑨다

내 마음도 세상도
건강하고 쉬지 않는
신호등이었으면…

# 허탈감

마음 비우고
벌거숭이로
대나무 속이 되어

절제와 베풂
삶에서 윤슬로 빛이 난다

별빛에 그을린
희망 삼킨 세상
넋 놓고 바라보는 삶

# 마네킹에 들켰네

어느 버스 정류장
도착 알림판이 깜박인다

염치없는 황소하품
왕잠자리 두 눈으로 두리번거린다

아뿔싸!
길 건너 쇼윈도
마네킹 아가씨가 웃고 서 있네

놀란 멋쩍음에
죄 없는 뒤통수만 긁적인다

# 삶의 궤적

5월의 햇살
장미를 붉게 물들이고
진한 향기
코끝에서 희롱한다

녹음방초 젊은 시절
바람에 구름 가듯
순식간에 도망치고

가을바람
대숲 사이 거닐면

삶은 어느새
초가지붕 기어올라
하얀 박꽃으로 피어난다

# 침산에 살리라

참 인생길
서른 번을 돌고 돌아
금호강 저녁노을에 발길을 멈추었네

싸늘한 인심
찬바람 불어와도
인내와 베풂으로
마흔 해를 훌쩍 넘겼네

다져온 형제 우애
웃음꽃 만발하니
백발의 여생
침산에서 살리라

# 하루살이


물안개 덮인 새벽길
하루를 살려고 벌떼로 몰려온다

금식의 참선
생의 대물림 군무群舞를 즐기다가
아침햇살 오르면 해탈하고 승천한다

산그늘 내린 인생
내일 없는 참회
해탈의 여유도 없는
하루살이 인생

# 겨울밤


삼동三冬 긴 밤에
잠 설쳐 날이 샌다

비몽사몽간에
사상누각 짓다 허물고

창밖의 겨울비
나뭇가지에 걸터앉아 그네를 탄다

마지막 남은 잎새
차가운 겨울밤을 울며 지새우네

# 정류소

정류소 벽을 기댄
어느 시인의 '기다림' 한 수

숨 가쁘게 달려온 삶
명주실 풀어내듯
기다림을 일러준다

염색한 백발
쪽보에 수놓은 인생사
다음 기다림의 정류소는…

# 빈자리

비비추 꽃 한 송이
백합으로 떠나고

노을 진 눈물 한 가닥
세월을 흠뻑 적신다

텅 빈 가슴앓이
멍하니 주저앉았네

5

# 노을빛 인생

삶의 고통과 시련
웃음과 행복으로 꽃피우고

청운의 꿈과 사랑
파란 별빛에 반짝이고

깨알같이 영근 추억
낡은 거미줄에 걸렸네

한 조각 구름
노을빛 인생으로 흘러가누나

# 멋진 세상


뜬구름 흘러가듯
실바람 불어오듯

발길 따라 마음 싣고
한 조각 구름으로
두둥실 흘러간다

잘난 인생 보장 없고
못났다고 실망할 일 없으니

사노라 가노라 물 흐르듯
얽매인 삶 풀어놓고

마음 편히 살다 보면
멋진 인생 파이팅

# 산수傘壽

내가 태어난 이 가을
풋풋한 가을 향기 머금으며
영혼까지 맑은 가을이고 싶다

모두가 이렇게 여유롭고
어제가 청춘이었는데

젊음도 세월도 숨 가쁘게 지나가고
여든의 촛불 밝혀 산수를 맞이한다

고운 인연이 있어 그저
오늘이 행복했거늘
아릿한 옛날을 추억해 본다

뭐 그리 급할 것도 없는
천리만리 먼 듯한 그곳을 향해
세월은 내 등을 밀어붙이고

흘러가는 저 구름 한 조각에

내 인생을 그려본다

쓸쓸한 이 가을에…

# 면류관冕旒冠

질긴 삶의 명줄
천 갈래 만 갈래로
인고忍苦의 세월을 엮었네

서릿발 백발은 눈이 부시고
골 깊은 주름엔 검버섯 수를 놓았네

옹고집 양심 한 가닥
긴 세월을 보듬으니

기울어진 고목
노을빛 면류관이 꽃을 피우네

# 부탁해

가쁜 숨 턱밑에 차고
세월은 밤낮없이 달려간다

춘하추동 호시절
혀끝에서 놀다 가고

마음은 봄날인데
열정은 빙판으로 싸늘하다

한평생 함께한
그대 이름 세월이었구나

세월아
머잖은 인생
이제 놓아주면 안 되겠니?

초침秒針

낮밤 없이
선두로 외롭게 달린다

눈앞에 알짱대는
내일을 부르는 시몬

가늘고 연약한 몸
재깍재깍 가쁜 숨 몰아쉬며

분침에 등 떠밀리고
즐거움은 냉가슴에

삶의 속살 갉아먹고
세월을 집어 삼키네

# 너

초록의 순간을 쇠줄로
창살 없는 세월에 묶어 놓고
아침햇살 안개로 사라졌네

허물 벗은
여든의 알몸이 되니
못 보았던 너의 모습
산 넘고 강 건너에 우뚝 서 있네

저녁노을 비탈길 인생
늦가을의 오색단풍

강물에 배 띄우고
유유자적悠悠自適하리라

# 세모歲暮

벽에 기댄 섣달
실눈썹 그믐달이
한 해를 매달고 간다

못다 한 아쉬움
보따리 챙겨 달려간다

다사다난을 씹으며
가는 해 발목 잡고 축배를 든다

일출과 일몰에
선잠 깨워 소원 빌고

무릎 세운 어른
자는 잠 먼 길 인도
염불하다 해 저문다

# 추억의 필름

찬바람 한 가닥
겨울인가 했더니

어느새 한 해가
저 멀리 가 버렸네

한 발짝 물러서니
마음은 체념의 공간에 머물고

지난 추억은
후회와 실망의 필름에 담겼네

# 바보 같은 세월

황금 같은 순간
세월 따라 지나가니
마음도 발걸음도 급해진다

세월도 가다 보면
병나고 아플 텐데
금수강산 산천 구경
쉬어가도 좋으련만…

행복은 느리게
불행은 빠르게
인생은 더디게

바보 같은 세월
쏜살같이 달려간다

## 푼수 分數

한때의 광명
영원한 인생인 양
푼수가 널뛰기한다

모자라고 부족한 미물
내일이면 때늦은 후회

인생의 말로
한 길뿐인걸

# 나를 찾아

어둠이 짙은 새벽
삼만 육천 마디
저마다 울어 댄다

"세상이 왜 이래?"
어느 가수의 절규
가슴을 아리게 한다

불확실한 세상
우주 밖으로 튕겨 나온 듯

한 줄 졸필을 붙들고
나를 찾아 미로를 헤맨다

영글어 성숙한
나를 찾아서…

# 달빛에 젖은 인생

밤하늘
광란의 네온사인 불빛
허기진 달빛을 삼킨다

드넓은 창공
구름 뒤에 숨어
외롭고 쓸쓸하게 흘러가네

향기 가득한 그리움
추억 속에 감추고

달빛에 젖은 인생
외로움 벗하여
밝고 환하게 살 수는 없을까

# 인생

어디 바람이
꽃과 잡초를 가려서 불던가

고달프고 찌든 삶
살점 헤집는 바람
상처만 남기고 지나간다

거북손
지는 해 움켜잡고
노을빛 언덕으로
거미줄 그네 타고 넘어가네

# 아름다운 변신

골목길 스쳐가는 외침
"고물 삽니다."

소임 다한 은퇴자
아름다운 변신의 울림

세월을 훔친 나이
가슴속에 메아리로 울려온다

골목길 스치는 외침
늙음도 아름다운 변신으로 외쳐 주렴

# 피안彼岸을 오르면

지평선 저쪽
가물거리는 인생
세파世波에 자맥질한다

긴 유영遊泳
세월에 할퀸 낡은 명줄

목마른 행복 찾아
흰 구름 꼬리 잡고
사생결단 달려간다

미지未知의 언덕
참새 떼들 조잘댄다
내려오는 길 없노라고…

6

# 슬픈 벚꽃

4월의 아침햇살
귓불 붉게 어루만지면
초가집 굴뚝 봄 냄새
몽글몽글 피어오른다

불청객 코로나
소박한 소망 화려한 상춘
밤하늘 유성으로 꼬리를 내린다

외로운 고독
벌 나비 날개 접고 떠나면
침묵의 슬픈 꽃방석
길바닥으로 힘없이 내려앉는다

# 구름인생

가을햇살 머무는
옥상에 올라
외롭게 떠도는 구름을 본다

속 비운 마음
이정표 잃은 인생
구름을 벗하여 동행한다

바람이 불어오면
부는 대로 두둥실
산천 구경길 나서는
구름인생이었네

# 혼돈의 방황

한 해의 끝자락
혼돈의 방황이 머문다

지나온 세월
후회와 반성
깊은 수렁에서 헤매고

실망과 고통
불만과 절망이 첩첩인데

제야의 종소리
혼돈의 새해
한없이 방황하게 한다

# 비 오는 날

빗방울 살그머니
늘어진 어깨 위에 앉으면
아련한 추억들 날개를 편다

복사꽃 연지볼
볼그스레 물들면
가슴에 묻어둔 그리운 추억
술잔 속에서 찰랑거리고

발자국 숨 멎고
목마른 대지를 적시면
고개 내민 아우성 합창을 한다

# 수안보의 밤

추억 담고
외롭게 졸고 있는 가로등
가을비에 흠뻑 젖는다

길바닥 널브러져
납작 엎드린 낙엽
숨소리도 젖었네

젊음의 발산
네온의 열정에 비틀거리고
뿌연 밤하늘 별들도 휘청인다

온천에 녹은 사랑
청풍호에 떠나보내고
수안보의 밤은 곤히 잠이 든다

# 가는 여름

이글거리던
용광로 꼬리 내려
바다로 달려간다

잠 설친 피곤
초승달이 눈짓하며
잠자리로 파고든다

우주를 삶던 더위
가을에 등 떠밀려
봄길 따라 계절을 이사한다

# 바람의 길

남녘의 따스한 입김
들과 산을 깔고 앉아
어린 생명 잠 깨우고
버들가지에 강아지 키운다

수평선 넘어온
출렁이는 바닷바람
갈매기 날개 위에
만선의 깃발 펄럭인다

빗나간 붉은 바람
도깨비 한쪽 팔만 흔들고
불 꺼진 광야
적막이 보따리 챙겨 도망간다

# 새벽별

새벽하늘 큰 별 하나
눈빛 반짝여 반겨준다

어둠이 깔린
산책길 걸음마다
입술 깨문 가슴앓이
별빛 초롱한 창공으로 날아간다

눈물겹던 사연들
풀잎에 이슬 맺혀
아침햇살로 녹아내린다

# 새벽을 열며

안개꽃 물안개
설친 잠 강둑에서 뒹굴고

우미인 금계국 개망초
밤새 분단장하고
새벽 창 빗장을 푼다

가출한 푸른 별빛
버들가지에 걸터앉아
가슴 아린 춘심에 넋이 나간다

줄행랑 둘러멘 새벽
고개 내민 아침햇살에
발길을 재촉한다

# 갈대

모진 세월에도
야무지게 곧게 자랐네

스치는 바람결에
어지럽게 흔들거린다

그립던 푸른 시절
갈새 울어 달밤을 적시고

오솔길 속삭임에
앵두빛 사랑 영글어 가네

# 국향

메마른 흙 한 줌
발 뻗어 겨울잠
찬 이슬로 이불 덮고

봄 햇살 움켜잡고
가슴에 품으니
파란 생명줄 고개를 내민다

시공을 넘나드는
눈비 짓궂은 수난
예쁜 꽃망울 담금질로 자랐구나

가을밤 농익은 향기
술잔 속에 녹아내려
풍유를 등에 업고 골목길을 나선다

# 산

파도가 밀려와서 산이 되었나
골짜기 굽이굽이 물결로 늘어섰네

성난 파도에 모습은 닮았어도
속마음 깊이 숨겨 우뚝 서 있네

인내와 배려 품 안에 보듬으며
거미줄 얽힌 인심 깨달음 일러준다

# 구름의 산책

세상사 거칠고
인생사 모질어도

그리움 찾는 발길
한 조각 구름으로
산책을 나선다

맥 풀린 매미소리
버들가지 슬프고

지나온 발자취
추억 속에 숨 쉬고

구름 쌓인 저녁노을
서산을 넘는다

# 가을 풀밭에서

가을바람 살랑 불어
이름 모를 잡초
찌든 여름 햇살에
긴 한숨 가쁘게 뱉어낸다

늘 푸르렀던
착각의 함정에 빠져
등허리는 화살을 보듬었어도
서릿발 코앞인 것도 잊었구나

귀뚜라미 처량한 달밤
갈바람에 실려 오니
드넓은 초원
홀로 쓸쓸하고 외롭구나

# 인생이란

암흑의 터널
새가슴 헐떡이며
명줄 물고 울부짖는다

꽃다운 파란 입술
향기로운 봄날
쏜살같이 지나가고

양보 없이 내뿜던 열기
짙은 나뭇가지에
젊음 매달고 가버렸고

황금알 잉태한 들녘
오색단풍 나들이 길 떠나고 나면

서리 내린 팔색조 인생
먼 길 떠날 행장 꾸리기 바빠진다

# 파도


갈매기 어깨 위로
영겁의 세월
첩첩이 출렁이며 달려온다

오가는 뱃길 따라
외로움 실어 보내며
혀 날름거리는 수평선을 넘는다

가슴 움켜쥐고 도달한 낭만
바위틈에 부서지고
하얀 거품 물고 발길을 돌린다

7

# 인정人情을 예금하다

### - 마을금고 근무 50여 성상을 되돌아보며

　대자연의 순리에 따라 열심히 살면 가난해도 순박하게 사는 게 행복한 삶으로 믿고 살아온 게 우리의 일상이었다.

　그래서 농촌에서는 "나물 먹고 물 마시고…"의 태평성대를 염원하지만 반만년의 가난을 하루아침에 벗어나기란 그렇게 쉬운 일은 아니었다. 1960년대에 전국의 방방곡곡에서 가난을 탈피하려고 "잘살아보세"라는 기치 아래 농촌을 중심으로 개혁의 대 역사가 불꽃처럼 번져 나갔다. 가난을 물리치고 자립정신으로 협동운동인 좀도리 저축운동이 전개되고 있었다. 사회혼란의 틈을 이용해 상호금융이 우후죽순처럼 생겨나서 부실운영으로 일부는 금융사고 소식이 하루가 멀다 하고 입에 오르내리고 있었다. 마치 상호금융권이 불신의 표적처럼 되어서 주민들로부터 외면을 당하고 있었다.

1983년도에 새마을금고법이 제정 공포되어 제도권 금융이 되었지만 불신의 벽을 벗어나지 못했다. 굳게 닫힌 주민들의 불신은 "예금해서 누구 좋은 일 시키려고", "한 입에 털어 넣고 도망가면 어쩌려고" 등등의 낭설이 엄청나게 난무하고 있었다.

사람의 마음을 열게 하는 건 돈이나 명예가 아니고 오직 믿음을 심어주어야 된다고 생각했다. 언행일치言行一致로 말과 행동이 같아야 믿음信을 줄 수 있고 그 위에 베풂이 있어야 된다고 생각되었다.

사소한 가정사로부터 길·흉사에 무조건 참여해서 몸을 아끼지 않고 정성껏 도와드렸다. 한술 밥에 배부를 리 없듯 계속되는 베풂에 진실한 마음이 주위에 조금씩 알려지면서 대화가 이루어지고 점차 불신의 벽이 허물어지기 시작했다. 철옹성 같았던 불신의 벽이 드디어 용광로 속의 무쇠처럼 묽게 녹아내리고 서로 간의 믿음이 물레의 실타래처럼 조금씩 풀어지기 시작했다. 끈끈한 정으로 믿음이 생기니 고목에서 새싹 돋듯 예금이 늘어나면서 파란 희망이 보이기 시작했다.

주민들과의 밀착을 위해 사무실을 시골 사랑방처럼 쉽게 드나들면서 언제든지 애로사항이나 고민을 상담하고 의논할 수 있도록 하였다. 그리고 마을의 각종 행사도 새마을금고가 구심점이 되어서 추진함으로써 주민 화합이나 협동은 지역 발전으로 이어지고 끈끈한 정을 이어 가도록 협동심을 강조하였다.

회원들은 자금을 저축하고 그 대신 새마을금고로부터 훈훈한 정을 마음속에 간직하고 정다운 이웃으로 돌아가게 하였다. 세월이 지나니 금고의 발전은 하루가 다르게 일취월장하면서 40년이 후딱 지나갔다. 주민 화합으로 내실을 다독이면서 이익금은 회원과 지역 발전을 위해 최대한 환원을 했다. 경로잔치, 마을축제, 각급 단체들의 단합대회, 이사장배 족구대회 등등 다른 지역에서 부러워할 정도로 환원 사업을 전개했다.

소문은 핫바지 방귀 새듯하여 지역의 각 언론사에서 경쟁하듯 인터뷰 요청이 왔다. 의논이라도 한 것처럼 이구동성으로 대뜸 "금융계에서 장수비결이 무엇이냐?"고 했다. 비결은 없고 "욕심 없는 진실한 바보"라고 했다. 그런 후에 "인정을 예금하는 곳", "주민 밀착 경영의 강소금고", "금융계의 청백리"라는 기사로 지면을 장식해 주었다. 과찬이라서 쑥스러웠다.

금고의 발전에 이어 지역을 위해서도 아파트 단지 소방도로 확장, 문화회관 건립, 도시 재생 사업 선정 등 크고 작은 사업들에 몸을 사리지 않고 "뭐 빠진 개 모래밭

싸매듯" 동분서주했다. 그러면서도 10여 권의 도서 출판, 언론사 기고 10여 회, 무료주례 50여 쌍, 경로행사에 재능기부도 계속해서 이어졌다. 베풂은 본래 끝이 없으니까….

일개미처럼 열심히 살았더니 나라님의 표창, 선행 모범 대구시민상, 대구 북구 구민상 등의 명예도 누리게 되었다. 이 모든 게 인정을 예금함으로써 인정이 꽃피워준 결과이리라. 이제 80대 중반에서 시속 80km로 질주하고 있으니 노을빛 찬란한 면류관을 쓰고 여생을 유유자적하리라 다짐해 본다.

# 변곡점

### - 새로운 출발을 다짐하며

2020년 1월 31일, 경자년 새해가 밝았다고 새해 설계로 분주한 달이었다. 50년이 넘도록 쳇바퀴 고장도 없이 잘 돌렸는데 짐을 꾸려야 하는 날이 왔다. 서민금융이라는 곳에서 돈과 인정을 저축하면서 많은 사연과 삶의 궤적들을 남겨두고 떠나야 했다.

하얀 상아象牙에 검붉게 새겨 넣은 결백과 팔색조 조개빛 이름 석 자에 청렴을 수놓아 굳은 손마디에 세월의 흔적들을 고이 간직했다. 재임하는 동안 주변이나 언론사의 인터뷰 때면 의례히 단골 질문이 나온다.

"그 나이 되도록 어떻게 서민금융에서 장수할 수 있었으며 비결이 무엇이냐?"고들…. 질문을 받을 때마다 느껴온 일이지만 솔직히 나의 주변을 둘러봐도 나처럼 산수傘壽가 지나서까지 출근하는 사람은 보기 드물었다. 친구들도 오래전에 모두 퇴직해서 백수가 되었다면서

이 나이에 출근할 곳이 있다는 건 정말 행복하고 복 받은 사람이라고들 하였다. 특별한 비법이란 있을 수 없고 평소와 같이 소신대로 욕심 없이 분수에 맞는 언행일치로 정을 나누고 베풀면서 살아온 것뿐이었다. 한마디로 돈을 모르고 바보스럽게 인정을 베풀다 보니 결국은 상대의 마음이 내 가슴에 켜켜이 쌓이게 되었고 거미줄로 엮인 인정이 오늘과 같은 영광을 만들어 준 결과라고 생각되었다.

며칠 후로 예정된 퇴임식에서 그동안 베풀어주신 정에 성의껏 보답하려고 했다.

퇴임식을 불과 며칠 앞두고 날벼락 같은 변고가 떨어졌다. 코로나 바이러스가 전국을 휩쓸고 있어서 모든 행사나 집회 등은 자제 또는 중단해야 되고, 외출을 자제하고 집에서만 있어야 된다며 방역당국은 예방수칙을 철저히 지켜 달라고 했다. 정말 기도 안 차는 날벼락이었다. 철부지 때 할머니 등에 업혀서 홍역을 겪었고, 그 후에도 콜레라, 장티푸스, 페스트 같은 전염병을 경험하였고, 몇 년 전에도 메르스와 사스 등으로 인간 세상을 공포와 죽음의 도가니로 몰아넣는 일도 겪으며 지내왔는데 호사다마라고 했던가, 난데없는 코로나 회오리바람이 불어 닥쳐왔다.

반백이 넘도록 날만 새면 출근하다가 퇴직을 한다니 기다리기라도 한 것처럼 난데없는 코로나가 발목을 잡고 집콕을 하라니 무슨 벌을 받는 느낌이기도 하다. 나름대로 자작시 낭송, 소장품 영상 소개樂少房, 素潭 汗憩室, 색소폰 연주 등으로 퇴임식을 계획하고 있었는데 코로나로 물거품이 되었다.

부득한 반가운 만남도 주먹 불끈 쥐고 싸움하듯 주먹치기로 인사해야 되고, 마스크로 입 가리고 눈빛 인사, 경건하고 엄숙한 경조사는 계좌송금 인사, 발목 잡은 얼굴 없는 비대면 인사로 별난 세상이 되었다. 우리의 전통 인사예절이 기절초풍하고 도망가기 바빴을 것이다.

만물의 영장이라는 인류가 눈에 보이지도 않는 코로나 앞에서 이렇게도 무기력하고 나약한 존재였나 싶기도 하다. 그나마 자신들의 생명을 걸고 불철주야 진료와 임상에 고생하시는 방역당국이나 의료진 자원봉사자들의 노고가 우리의 생명을 지켜주고 있어서 고맙고 감사할 따름이다. 인간생명의 존엄을 지키기 위해서는 더욱 많은 의료 발전이 있어야 되겠다는 각오와 다짐이 있어야 될 것 같다.

물질만능으로 황폐화되어 가는 인간 세상에 자제와

평등의 경종을 울려 주는 것 같기도 하다. 차제에 물질 문명의 변곡점을 벗어나서 미국의 사회학 교수인 스코트 니어링의 "조화로운 삶"을 뒤돌아보며 백세 시대를 열어 가는 기회가 되었으면 하는 생각도 해 봄직하다. 솔로몬처럼 "이 또한 지나가리니…" 하고 기다려 보지만 그동안의 상처와 희생으로 보면 쉽게 끝날 것 같지는 않을 것 같은 생각이 들기도 한다.

속담에 "궁하면 통한다."고 했던가. 기약 없는 집콕에서 탈출구를 찾아야 했다. 평소에 여가 선용으로 글쓰기와 악기 연주를 익혀 왔는데 집콕에는 안성맞춤이었다. 하룻강아지 범 무서운 줄 모르듯 겁도 없이 10여 권의 책을 출판했었지만 속 빈 강정 같았다. 마치 촌닭 장에 내다놓은 것 같은 심정이었다. 이번 기회에 저명인사들의 명작을 접하면서 제대로 된 문학의 길로 가기 위해 독서 삼매경에 잠을 설치고 있다. 소노 아야코의 "나이 듦의 지혜" 중에 '목표가 이루어지면 육체의 활동이 즐겁다.'는 구절에 공감하며 죽는 힘으로 용기를 내서 등단의 값을 해 내고자 애써본다.

창공을 나는 새들의 무수한 날갯짓으로 때늦은 문학의 변곡점에 도착할 때까지 날아오르고자 한다. 이 봄에 펼치려던 화려한 퇴임 계획은 코로나에 녹아내렸지만 부족했던 문학에 몰입하면서 간간이 악기 연주를 통한 소중한 시간이 새로운 삶의 동기 부여가 되었다.

2020년 새봄에 펼치려던 퇴임식은 코로나로 날아갔지만 100세 시대를 여는 다음 해 봄은 송이송이 피어나는 꽃향기로 코로나의 상처를 치유하고 행복하고 여유로운 삶이 되었으면 하고 희망해 본다.

# 더샵 생일상

## - 영광의 순간은 지나가고

매일 접하는 하루가 별일 없으면 우리의 삶은 정말 안정된 삶이라고 할 수 있다. 그래서 지인들을 만나면 "별일 없나?", "그래 별일 없이 여전하다."라고 서로 간에 인사말을 주고받는다.

그렇지만 우리의 일상은 여전할 수가 없는 게 현실이다. 급변하는 시대의 흐름에 따라 치열한 경쟁에서 뒤지지 않고 살아남으려면, 쉴 새 없이 노력하고 바쁘게 움직여야 되기 때문이다. 이러다 보면 우리의 일상이 여전할 수가 없게 된다.

세월은 누가 보내지 않아도 밤낮없이 문 앞에 와서 기다리고 있다. 2019년 10월 24일(음 9월 26일)도 예외 없이 기다리고 있었다. 이날은 마을의 오랜 숙원이던 마을회관이 완공되어 준공식을 하는 날이기에 여전할 수가 없게 돼 있었다. 공사하는 과정에 약간의 어려움이

있었지만 원만한 협의로 1년여의 기간을 지나 완공을
이루어 냈다.

대구광역시 북구 구청장님과 국회의원, 북구의회 의
장님을 비롯한 관내의 각급 유관단체장, 그리고 마을주
민들이 참석한 가운데 오색채복을 한 오봉풍물회(회장
김계자)의 우렁찬 풍악으로 준공식의 서막을 열었다. 회
관 건립에 따른 경과 보고에 이어 회관 건립에 공이 많
은 유공자 표창 순서에서 본인의 이름이 호명되어 배광
식 구청장님으로부터 공로패를 받았다. 많은 참석자들
로부터 축하인사와 박수를 받아 대단히 영광스러운 날
이 되었다.

마을회관뿐만 아니고 평소에도 지역 발전을 위해 아
파트단지 소방도로 확장, 상습 침수지역 해소, 도시 재
생사업 선정 등 지역을 위한 크고 작은 일들을 꾸준히
열심히 해온 결과라고 생각되었다. 공교롭게도 이날이
나의 생일과 겹치게 되어서 더욱 영광스러운 날이 되었
다. 마을에서 마련한 푸짐한 점심상까지 받고 보니 이런
생일은 지금까지 살아오면서 처음이었다. 이를 두고 금
상첨화라고 했던가.

파란 하늘에 흰 구름이 되어 둥둥 떠도는 한가롭고 여
유 있는 삶을 살아온 것같이 아주 기쁘고 즐거운 날이

되었다.

이렇게 영광스럽고 기쁜 생일을 맞으니 오늘과 같은 생일을 있게 해 주신 부모님의 은공이 생각난다.

산수傘壽를 지나 미수米壽를 앞에 두고 한참 늦은 나이에 만시지탄이 있지만 그나마 오늘같이 영광스러운 날 이제 철이 드는가 보다. 살아생전에 자식으로서 멋진 생일상을 드리지 못한 후회와 죄책감이 마음을 아리게 한다.

당신들의 자신을 희생하면서 애지중지 키웠지만 자식은 저 잘나서 혼자서 큰 것처럼 거들먹거린다. 마치 젓가락이 음식을 나르면서도 음식 맛을 모르듯 생일의 참 의미를 모르고 못난 자식으로 살아온 게 한스러울 따름이다.

옛글에 "나무는 가만히 있으려 해도 바람이 기다려 주지 않고, 자식은 섬기려 하나 부모는 기다려 주지 않는다樹欲靜而風不止 子欲養而親不待."라고 했듯이 부모님은 빨리 떠나고 만다는 걸 이제야 느끼게 된다. 오늘과 같은 평생 잊지 못할 영광스런 생일을 맞게 되니까….

# 소리 없는 통곡

## – 아내에게 바치는 글

정말 고맙고 안타깝고 미안하오. 찢어지게 가난한 시대 14명의 가족이 웅크리고 있는 집안에 시집와서 속 끓이고 끙끙대면서 훌륭하게 잘 견디었소. 나 몰래 흘린 눈물, 짚동 같은 한숨에 하늘이 놀라고 땅이 흔들렸노라.

삶의 고통에 지쳐 가족과의 이별은 쉬우련만 월남 궤짝 장롱 한풀이 애지중지 두고 보던 팔 척의 딸깍 장롱 어찌 두고 떠나려 하오. 냉골방 등 시려움도 포근한 현대식 에르고 모션 침대 아직 채 돌도 맞지 않았는데 어찌 두고 떠나려 하오. 사랑 앵무 재잘거리는 소리 귓가를 맴도는데 어찌 두고 떠나려 하오. 꽃 찻잔 커피 향 코 끝을 스치는데 어찌해서 떠나려 하오.

끙끙 앓던 신음 못다 한 가족 사랑 애끓는 분통이요, 갈대 같은 허약한 몸매는 젊을 때 없어서 못 먹고 나이

드니 병들어 못 먹으니 한 많은 삶의 고통 혼자 감당하기 어려워라. 해마다 입춘이 지나면 만물이 소생하여 꽃 피고 향기로운 꽃놀이, 가을 오면 단풍놀이 총총히 오는데 뭐 그리 급해서 먼 길을 떠나려 하오. 한 많고 고통스러운 삶, 몸서리칠 만도 하지만 그래도 오손도손 가족사랑 웃을 날도 있지 않소.

20여 년 길러주신 친정부모 탓하지 말고 60여 년 함께한 나의 잘못 탓하시오. 달밤을 울고 가는 외기러기 내 마음의 통곡이요, 이른 새벽 까치소리 내 마음 전하는 줄 알아주오. 달밤의 소쩍새 절규, 만남과 이별을 알려주고 있소.

가는 세월 막을 수 없고 그리움 두고 떠나는 당신 잡을 수 없으니 이렇게 무능한 게 인간이라오. 모질고 질긴 게 목숨이라는데 어찌 그리 쉽게 가려 하오. 기어이 가시려면 소월의 진달래꽃처럼 즈려밟고 가시어 하얀 날개옷 천사 되어 팔도강산 유람하며 극락왕생, 태평하소서.

먼저 보낸 맏자식 가슴에 켜켜이 품고 맺힌 한 봄눈 녹듯 못다 한 모자간 정 고이고이 나누시고 여유 되면 남은 가족도 가끔씩 보살펴 주소서. 못난 이 몸도 남은 세월 많잖으니 때가 되면 꺼이꺼이 당신 곁으로 찾아가리다. 대명동 이사 약속 못 지킨 원수 같은 못난 남편 마음으로 한없이 통곡합니다. 이제 모든 걸 잊고 편히 영면하소서.

# 세상에서 가장 평화로운 모습
## - 아내를 보내면서

길을 나서면 스쳐 지나가는 사람들 중에 어느 지인과 많이 닮은 사람을 간혹 보게 된다. 긴가민가해서 망설이다 보면 그는 벌써 저만큼이나 멀어져가고 있다. 사람의 얼굴을 우리말 사전에는 "용모容貌"라고 기술하고 있다. 용모는 그 사람을 나타내는 기준이 된다.

갓 태어난 신생아는 매우 상기된 모습이지만 순진함 자체로 성장하면서 세월의 흔적을 그 용모에 담게 된다. 그러나 대개의 사람들은 젊게 살려는 욕망 때문에 세월의 흔적을 지우려고 안달이 난다.

어느 외국인은 사진관에서 세월의 흔적을 지우자는 사진사의 제의에 기절할 정도로 거절했다는 기사를 본 적이 있다. 그는 이 모습을 얻기 위해 많은 세월을 기다렸는데 그렇게 값진 흔적을 지울 수 없다고 했단다. 자연 그대로의 생얼(맨얼굴)이 그 사람의 내면을 짐작할 수 있는 아름다움을 간직하고 있기 때문일 것이다.

얼마 전 60년 세월 동안을 동고동락했던 아내를 먼 곳으로 떠나보냈다. 가슴속에 맺혀있던 한 많은 사연들 한마디 말도 없이 조용히 눈을 감고 떠났다. 근심 걱정 없는 아주 평화로운 모습이었다. 평소에 잠든 모습에서 한 번도 보지 못했던 아주 편안한 모습이었다. 싸늘한 체온이었지만 창백하지도 않았으며 두 눈을 감은 채 숨소리 없이 잠자고 있었다. 한 번도 본 적은 없지만 스님들의 자비로운 열반이나 성직자들의 사랑으로 넘친 선종을 연상케 하였다. 따뜻한 두 손으로 얼굴을 감싸주고 머리를 쓰다듬으면서 좋은 곳 가서 편히 쉬라고 당부하면서 영원히 볼 수 없는 마지막 이별을 했다.

삶의 고통에서 모든 걸 내려놓으니 저처럼 평화로울 수가 있구나 하는 순간, 온몸이 감전된 것처럼 전율을 느꼈다.

평소에 그 엄청난 고통을 헤아려주지 못한 죄책감이 온몸을 옥죄어 왔다. 그 순간 지난 60년의 일들이 성난 파도처럼 밀어 닥쳤다. 가난한 집안의 8남매 맏며느리로서 항상 끼니 걱정을 오지랖에 달고 살았으며, 나의 직장생활 때에는 객지생활의 고통, 자라는 아이들의 영양보충 때문에 시골장날 버려진 닭 부산물을 주워와

삶아 먹이던 일, 이 좋은 세상 관광여행 한 번 가보지 못한 일들이 주마등처럼 스쳐왔다. 그 속인들 어찌 하룬들 마음 편한 날이 있었겠나?

모든 게 나를 잘못 만난 탓이었으니 너무 무관심했던 후회가 통곡으로 가슴이 막힌다.

유품과 집 안 정리를 하다가 가슴이 마구 저려왔다. 그토록 고생스레 살면서도 앞날을 위하여 아끼고 절약해서 빈틈없는 준비와 훗날 이사할 준비도 엄청 많이도 해 두었다. 또 한 번 죄책감에 할 말이 없었다. 회혼례를 앞두고 90도 못 살고 갈 거면서 그처럼 많은 준비를 해 두었으니 그 덕에 지금 이만큼이나 살고 있구나 생각하니 미안하고 고맙다는 말밖에 할 말이 없다.

그처럼 평화로운 모습에 이 같은 아름다운 마음까지 담았으니 잘 견디고 잘 살아주었소. 정말 고맙고, 미안하고 그리고 감사해요. 함께 걸어온 긴 세월이 정말 값진 참 인생길이었소. 이제는 함께하지 못하니 어떻게 할 수가 없네요. 그렇게 고마운 당신과 내가 함께 걸어온 "인생길"이라는 시 한 수를 화강석에 새겨 바칩니다. 여생도 함께했던 그 길을 열심히 걸어가겠소.

부디 영면하소서.

# 달관한 삶의 음미

– 이석병 시인의 작품 세계

| 심후섭 |

아동문학가, 교육학박사, 대구문협 제14대 회장

해설

## 달관한 삶의 음미
### – 이석병 시인의 작품 세계

심 후 섭

□ 이석병은 누구인가

그는 경북 포항에서 출생하여 상업학교를 졸업하고 새마을금고에서 첫 직장을 시작한 이래 지금까지 줄곧 그 직장을 지켜왔다. 그리하여 80이 훌쩍 넘은 최근에야 대구 오봉새마을금고 이사장을 끝으로 직장에서 은퇴하였다.

직장 생활에 충실하여 새마을금고 중앙회 대의원까지 역임하였고, 또한 그 전문성을 인정받아 대구 북구 지방보조금 심의위원장을 역임하기도 하였다. 이 밖에도 사회활동에 열심히 참여하여 민주평통 대구북구 자문위원 역임하였으며 현재까지도 행복북구문화재단 이사로 재임하고 있다.

그 결과, 대구북구 구민상 및 대구 선행 모범시민상을 비롯하여 대통령 표창을 받는 등 사회공헌 활동에 크게 기여하였다.

이를 살펴보면 그는 한마디로 주어진 여건에서 모든 열정을 집중시켜 자신의 세계를 꾸준히 열고 발전시켜 왔음을 짐작할 수 있다. 관련 직장에서는 물론 그가 거주하는 지역사회로부터 크게 신망과 존경을 받고 있는 것이다.

문학 활동도 마찬가지이다. 그는 직장 생활 틈틈이 문학 관련 서적을 탐독하고 또한 습작 활동을 해왔다. 이는 곧 그가 삶이란 무엇인가, 하는 화두를 해결하기 위한 구도求道 활동이기도 하였다. 이에 바탕을 두고 80이 가까이 되어서야 비로소 《한맥문학》을 통해 등단의 길을 밟았다. 구태여 등단의 절차를 밟지 않아도 될 일이었지만 사회의 일반적인 제도에 순응하려는 그의 겸손함이 우러난 결과였다. 이 절차를 통해 또 하나의 허물을 벗고 새로운 길에 접어든 것이다.

이후 이상화기념사업회, 대구문인협회, 한국문인협회 회원 활동을 통해 본격적인 문학 활동에 매진하고 있다. 전반기가 삶에의 집중이었다면 후반기는 문학에의 집중인 것이다.

그리하여 그는 자서전 『다듬어지지 않은 돌삐의 모습』
과 산문집 『은행도 아닌』 외 3권, 시집 『바람 불어 좋은날』
외 2권, 수필집 『마르지 않는 심천』 등을 내고 이번에 시집
으로는 네 권째인 『달빛에 젖은 인생』을 상재하게 되었다.

그동안 낸 책의 면면을 살펴보건대 삶의 근원을 밝히기 위
한 사색을 바탕으로 매우 의욕적인 글쓰기 활동을 전개해
왔음을 알 수 있다. 이는 그의 타고난 부지런함과 함께 정도
正道를 추구하고자 하는 열정이 뒷받침된 결과로 보인다.

일찍이 불교에서는 늘 깨어있는 삶을 강조하여 생각이
부족한 사람을 일컬어 반통飯筒, 의가衣架 심지어는 주육走肉
이라고까지 하였다고 들은 적이 있다. 그저 밥을 담아놓는
밥통, 옷걸이, 달리는 고기 덩어리가 되어서는 아니 된다는
가르침인 것이다.

그는 훌륭한 직장생활과 사회공헌활동을 거쳐 지금은
문필활동에 매진하고 있으니 그의 삶은 오롯이 존경받아
야 할 삶이라 하겠다.


□ 이석병은 시에 무엇을 담고 있는가


먼저 그의 시를 형식적인 면에서 살펴보면 그의 생활 태

도와 연결되어 있음을 느낄 수 있다.

그의 시는 복잡하지 않고 간결하다. 연聯을 많이 나누기보다는 2~3행行을 하나의 연으로 하되 서너 연으로 마무리하는 경우가 대부분이다. 생활을 복잡하게 얽기보다는 단순 명쾌하게 살아온 결과가 아닌가 한다.

『예기禮記』에 '대락필이大樂必易하고 대례필간大禮必簡이라'는 구절이 나온다. '커다란 즐거움大樂은 반드시 쉬워야 하고, 커다란 예大禮는 반드시 간단해야 한다.'는 이 구절의 가르침을 그는 스스로 터득하고 실천해 온 것으로 보인다.

그는 평소에 고전을 통독해 왔는데, 이 구절이 아니라 하더라도 그는 삶의 원리를 스스로 깨친 것이 틀림없어 보인다. 그리고 그 원리는 자연스레 시詩 작품으로 표출되고 있다.

그의 시는 억지로 남을 끌고 가려는 표현이 없다. 사물에 투영된 자신의 느낌을 있는 그대로 보여주기만 할 뿐이다. 그럼에도 흡인력을 가지는 것은 그 구절 속에서 달관한 삶의 모습을 품고 있기 때문이다.

그의 시는 담백한 수채화처럼 다가온다.

누가 등 떠밀 듯
쉼 없이 가는 세월

초침의 워낭소리에 귀 막고 따라간다

마음은 봄날인데
늙어가는 초행길
지팡이가 앞장서서 안내를 한다

쇠털같이 많은 날
저녁노을 짙어오면
쉬어 가도 좋으련만…
 −「가는 세월」전문

'세월'이라는 추상명사를 이처럼 눈에 선하게 그리고 있
다. 그의 이러한 시각적 이미지는 이 시집 전반에 걸쳐 제시
된다.

험한 길 마다않고
온몸 상처투성이로
끝없이 기어오르는 미물

삶의 숙명으로
멈출 줄을 모른다

머잖아
절벽으로 떨어질 운명

체념을 모르고 몸을 던진다
－「체념」전문

　역시 '체념'이라는 추상명사를 담담한 시각적 이미지로
보여주고 있다. 이 시에서는 체념을 모르고 살아온 자신의
모습을 '미물'로 제시하고 있다. 엄격한 자기 인식의 결과로
보인다. 그리고 앞으로도 계속 체념을 모르고 살아가겠다
는 의지를 내보이고 있다. 결국 이 시는 '체념이 아닌 체념'
을 다지고 있다.


　다음에는 내용적인 면을 살펴보고자 한다.
　우선 그는 부지런한 아침형 인간상을 보여주고 있다. '여
명', '내일의 태양', '밝은 아침 햇살', '아침 이슬', '새벽 바람', '
윤슬', '단잠' 등의 시어詩語가 자주 등장하는데 이러한 시어
의 바탕에는 그의 시각과 생활 태도가 들어있음을 짐작할
수 있다.


할머니 잠꼬대
3대 적선 침이 마르고
후손 번창 노래로 염원한다

긴 세월

가슴속에 품고 산 잠꼬대
삶의 향기 되어 윤슬로 반짝인다

녹슬고 무디어진 인심
용감한 무식이 발등 찍어도
향일화는 적선으로 피어난다
– 「발등」 전문

별다른 꾸밈이 없다. 그저 담담하게 어릴 적 할머니로부터 부디 적선積善을 쌓아야 한다는 가르침을 수도 없이 받아왔고, 이를 실천하기 위해 때로 용감하게 준비도 없이 나서기도 했다는 자기 고백을 표출하고 있다. 그리하여 마침내 그는 향일화向日花를 꽃피워 부지런한 인생을 이룩하게 된다. 따라서 이 시의 바탕에는 그를 이끌어온 인간으로서의 태도가 깔려있는 것이다.

바쁜 세상
정신 줄은 거미줄에 걸리고
눈치 보던 백발
번갯불에 콩을 볶는다

벌 소리 귓속을 울리고
안개는 눈에 장막을 치니

허리는 양궁장 활시위
마디마다 북소리 요란하다

세월에 명줄 매달고
그래도 사는 게 행복이란다
－「세월 가니」전문

　그동안 쫓기듯 살아온 자신의 모습을 그대로 제시하고
그래도 부지런히 살아야겠다는 의지를 내보이고 있다.
　그의 시는 시종일관 이러한 현실 직시를 바탕으로 하되
희망적인 방향을 제시하고 있다.
　이처럼 그의 시는 대부분 희망을 노래하고 있지만 때로
시국의 아픔을 절규하기도 한다. 즉 그는 대부분 긍정적
시각으로 사상事狀을 바라보지만 때로 절망의 순간도 놓쳐
서는 아니 된다는 메시지를 자신에게 제시하고 있다.

광장의 불꽃
방향 잃고 허둥댄다

불길 속을 날아드는
하루살이 부나비들

움츠렸던 야생화

봄바람 불어오면

짙은 먹구름 걷어내고
따뜻한 햇살 안고
새롭게 피어나리
- 「촛불」 전문

위의 시 1, 2연에서는 절망을 노래하는 듯하지만 결국은
이를 바탕으로 희망적인 염원을 제시하고 있다. 그의 시는
이러한 구조構造와 메시지가 주류主流를 이루고 있다.

겨우내 외롭던 고목
까치 신혼집 차리고
행복한 낮잠 곤하게 적셨네

메마르고 삭막한
어지러운 세상
봄비 젖어 꽃피는 세월 오겠지
- 「봄비」 3, 4연

역시 '메마르고 삭막한 어지러운 세상'을 비탄悲嘆해하
지만 결말은 '봄비 젖어 꽃피는 세상'을 기다리는 희망을
그리고 있다. 이는 그가 평소 가져온 신념에서 비롯된 표

출이다.

언제 피었던가
기억이 가물거리는
4월의 민주화民主花

독선과 위선의 빛
붉은 노을로 하늘도 물들어 가네

올 4월엔
서운瑞運이 깃든
미래화未來花 활짝 피어
향기로운 세상 왔으면…
-「4월에 피는 꽃」 전문

역시 시국의 아픔을 읊고 있지만 종국終局에는 희망을 그리고 있다. 이처럼 그의 시에는 앞으로의 방향을 늘 희망적인 염원으로 나타내고 있다.

또한 그의 시에는 엄숙한 자기 성찰이 들어있다. 그리고 '인생'이라는 제목과 시어가 수십 차례 등장한다. 이는 그동안 인생의 본질에 대해 깊이 성찰했다는 증거이자 지금까지의 삶을 더욱 아름답게 마무리하고자 하는 의지의 표현이 아닐까 싶다.

명이 다하여
골짜기에 내려앉은 낙엽
오가는 인기척에
토끼눈 뜨고 부스럭댄다

푸른 젊음
세월에 할퀸 수척한 몸

마음도 정신도
제 것이 아니거늘

분골쇄신하고
창공을 날아오른다
−「잔명殘命」 전문

이처럼 그의 시에는 자기 성찰을 바탕으로 하되 때로는
환희歡喜하고 때로는 절망絶望하지만 종국에는 희망을 노
래하고 있다.


□ 아쉽지만 마무리하며


한정된 지면으로 그의 시를 모두 이야기할 수 없어 아쉽다. 그의 시를 읽으면서 시가 시인의 인격에서 비롯되는 열매인 만큼 기교보다는 메시지에 중점을 두어야 한다는 생각이 문득 떠올랐다.

이석병 시인을 처음 대하는 사람들은 하나같이 그 외모에서 신사의 기품을 느낀다고들 한다. 사람의 기본적인 의무이기도 한 '수신修身'은 '신언서판身言書判'에서 짐작할 수 있는 바와 같이 몸과 마음을 함께 가꾸어야 하는 것이다. 그런 의미에서 보면 그는 어려운 여건에서도 끊임없이 스스로를 닦달하여 자신을 잘 가꾸어 왔음을 알 수 있다.

최근 그는 평생을 함께해 온 부인을 여의었다. 그럼에도 둘레에 일체 알리지 않고 조용히 장례를 마치고 이 시집을 준비하고 있다.

시집이지만 끝부분에 아내에게 보내는 편지와 아내를 위한 제문祭文을 붙인 까닭이 여기에 있다. 그 아내는 가난한 집안으로 시집와서 평생 동안 고락을 함께하며 남편을 내조하였기에 더욱 잊을 수 없다. 그 애타는 사부곡思婦曲을 어찌 필설로 다 나타낼 수 있겠는가?

그가 아내의 묘 앞에 세운 시비를 읽으며 두서없는 글을 마치고자 한다. 필자가 이 글을 쓰게 된 것은 너무나 과분한 일이다.

# 인생길

이 석 병

청빈과 겸손으로
숙이고 낮추면서

마음은 비우고
베풂은 늘리고
선행은 조용히

긴 세월 지나니
훈훈한 온기는
사방에 퍼지고

보람된 참 인생길
다 함께 가야 할 길

이석병 제4시집

# 달빛에 젖은 인생

인쇄 | 2021년 6월 24일
발행 | 2021년 6월 30일

글쓴이 | 이석병
펴낸이 | 장호병
펴낸곳 | 북랜드
　　　　06252 서울 강남구 강남대로 320, 황화빌딩 1108호
　　　　대표전화 (02)732-4574, (053)252-9114
　　　　팩시밀리 (02)734-4574, (053)252-9334
　　　　등록일 | 1999년 11월 11일
　　　　등록번호 | 제13-615호
　　　　홈페이지 | www.bookland.co.kr
　　　　이-메일 | bookland@hanmail.net

책임편집 | 김인옥
교　　　열 | 배성숙 전은경

ISBN 978-89-7787-029-1 03810
ISBN 978-89-7787-030-7 05810 (E-book)

값 10,000원